ミルクとはちみつ
milk and honey

ルピ・クーア
rupi kaur

ミルクとはちみつ

ルピ・クーア

野中モモ 訳

milk and honey
by
Rupi Kaur

Copyright © 2015 by Rupi Kaur
Japanese translation rights arranged with Andrews McMeel Publishing
through Japan UNI Agency, Inc.

Translated by Momo Nonaka
Designed by Atsushi Sato
First published 2017 in Japan by Adachi Press Limited

私を抱く
　腕に
　捧ぐ

目覚めたら泣いていた昨日の夜
どうすればいいのと救いを求める私に
私の心は言った
本を書きなさい

目 次

傷つくこと ……………………………… 9

愛すること ……………………………… 43

壊れること ……………………………… 79

癒やすこと ……………………………… 145

傷つくこと

傷つくこと

彼はたずねた
君はどうしてそんな簡単にみんなに優しくできるの

ミルクとはちみつ唇からしたたらせ
私は答えた

みんなは私に
優しくなかったから

私にはじめてキスした男の子は
私の肩をぎゅっと握った
まるで彼がはじめて乗った
自転車の
ハンドルみたいに
私は5歳だった

彼の唇には
飢えの匂いがあった
彼はそれを
午前4時に母さんを楽しむ父さんから覚えた

彼は
私のからだは求める者に与えるべきもので
私は自分に何かが欠けていると感じているべきだと
私に教えた最初の男の子だった

そしておどろきだけど
私は自分が空っぽに感じたのだ
午前4時25分の彼の母さんみたいに

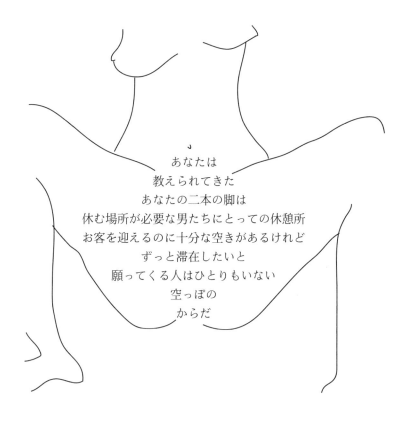

あなたは
教えられてきた
あなたの二本の脚は
休む場所が必要な男たちにとっての休憩所
お客を迎えるのに十分な空きがあるけれど
ずっと滞在したいと
願ってくる人はひとりもいない
空っぽの
からだ

私の血管に流れる
あなたの血
教えて
どうしたら忘れられるの

傷つくこと

セラピストは
あなたの目の前に人形を置く
それはあなたの叔父さんたちが触りたがる
女の子たちの大きさ

彼の手が置かれた場所を指して

あなたは指差す
脚のあいだのそこ
彼はあなたから指で奪っていった
まるで告白のように

どんな気分

あなたは喉につかえる塊を
吐き出す
あなたの歯でもって
そして言う大丈夫
ほんと何も感じない

　　──週の半ばのセッション

彼は本来
あなたが人生で最初に愛する男性だったはず
いまでもあなたは彼を探してる
あらゆるところに

──父親

あなたは私の声を
すごく恐れている
私も同じように
それを恐れることに決めた

彼女は彼らの手のなかにある
薔薇だった
彼女を長持ちさせるつもりはない
彼らの

傷つくこと

あなたが
怒鳴りつけるのは愛ゆえだと
あなたの娘に言うたび
あなたは彼女に
怒りと優しさを混同することを教えている
それは名案みたいに思える
彼女が育って
あなたにとても似ているからという理由で
自分を傷つける男たちを
信じるようになるまでは

――娘を持つ父親たちに

セックスをしたことがあると彼女は言った
でも私にはわからない
愛し合うのが
どんな感じなのか

傷つくこと

もし私が
安全とはどんなものなのか知っていたら
そうでない腕のなかに
落ちて過ごした時間は
もっと短かったはず

セックスにはふたりの合意が必要
もし片方の人がそこに横たわって何もしていないとする
まだ準備ができていないから
またはそういう気分じゃないから
または単純にしたくないから
なのにもう片方が
ふたりのからだでセックスをしていたらそれは愛じゃない
それはレイプ

私たちは
すごく寛容に愛し合うことができる
それでもなお
毒となることを選んでいるという考え

もし女が自分の心と
からだの安全を保とうとしたら
家に不名誉がもたらされる
そんな考えほど
この世界における大きなまやかしはない

傷つくこと

あなたは
私の両脚を
地面に押さえつけた
あなたの脚の先で
そして要求した
私に立ち上がれと

レイプは
あなたを
半分に引き裂く

けれど
あなたを
終わらせはしない

あなたには悲しみがある
悲しみがあってはならない場所に
生きる悲しみ

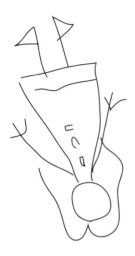

娘が
自分の父親に
人間のつながりを築くことを請わねばならない
なんてことがあってはならない

傷つくこと

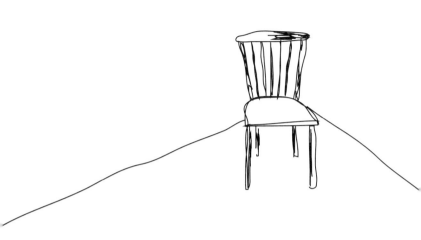

自分にはここにいることが
許されていると
自分を説得しようとするのは
まるで
右利きに生まれたのに
左手で書くようなもの

──縮こまるのは遺伝

あなたは私におとなしくしろと言う
なぜなら私の意見は私の美しさを損なうから
だけど私は炎を腹に収めておくようにはできてなくて
だから私は消されかねなかった
私は陽気におしゃべりするようにはできてなくて
だから私は簡単に呑み込めたのかも
私は重くなっていた
半分は刃で半分はシルク
忘れるのは難しいけど
ずっと気にかけ続けるのは単純じゃないの

彼は彼女をえぐる
彼の指で
まるでメロンのなかを
こそげ取るみたいに

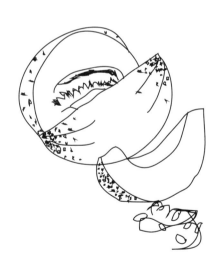

あなたの母さんは
いつでも愛を与える
あなたが受け取れないほど

あなたの父さんは不在

あなたは戦争
ふたつの国のあいだの境界線
巻き添え被害
両者を結びつけるけれど
同時に分かちもするパラドックス

傷つくこと

母さんのおなかを空っぽにするのが
私にとってはじめての消滅行為
娘たちが透明人間でいることを好む
家族のために
縮こまることを覚える
それがふたつめ
空っぽになる技術は
単純
おまえは無だと
彼らが言うのを信じる
自分に向かって繰り返す
まるで願いごとのように
私は無
私は無
私は無
幾度となく
自分はまだ生きていると
あなたに知らせるものは
胸の息苦しさだけ

　　──**空っぽになる技術**

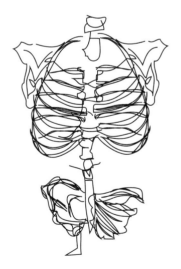

あなたは母さんにそっくり

  自分は彼女の優しさを受け継いでるんじゃないかと思う

あなたたちは同じ目をしてる

  だって私たちふたりとも疲れ果てているから

手も

  私たちは同じくたびれた手をしている

でもあの激しさは違う母さんにはないあの怒り

  その通り
  この激しさは
  父譲りの唯一のもの

（ワーザン・シャイア「遺伝」へのオマージュ）

傷つくこと

夜の食卓で会話をしようと
母が口を開くとき
父は彼女の唇のあいだに
シッという言葉を押しつけ
口にものを入れてしゃべるなと言う
こうして私の家族の女たちは
口を閉じたまま生きるようになった

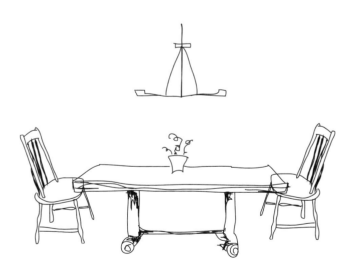

私たちの膝は
こじあけられる
いとこたちに
叔父たちに
男たちに
私たちのからだは
あらゆる間違った人たちに触られる
だからすっかり安全なベッドのなかでさえも
私たちは恐れてる

父さん。あなたはいつも特に何か言うことがあるわけじゃないのに電話をよこす。あなたは私が何をしているのか私がいまどこにいるのかたずねまるで一生のようにも感じられる沈黙が広がって私は会話を続けるために無理矢理質問をひねり出す。私がいちばん言いたいことは。この世界があなたを壊したってことを私はわかってる。そこに立ち続けるのは大変だったでしょう。私に優しく接する方法を知らなかったことであなたを責めはしない。ときどき私はあなたが傷つけたすべての場所あなたが決して語ろうとしないであろう場所について考えて眠れなくなる。私はあの同じ痛みに満ちた血から生まれている。同じ誰かに構われたいと切望してひとり崩れ落ちる骨から。私はあなたの娘。あなたが私に愛してると伝えるやりかたとして知っているのはちょっとした会話だけなのだということを私は知っている。それは私が知っているあなたに伝えるためのたったひとつのやりかただから。

あなたは二本の指で私のなかをまさぐり私はほとんどショック状態。開いた傷口にあたるゴムみたいな感じ。私はそれが好きじゃない。あなたはどんどん速く押し込みはじめる。だけど私は何も感じない。あなたは反応を求めて私の顔を探るので私はあなたが誰も見ていないと思ってこっそり見ているビデオのなかの裸の女たちのように演じはじめる。私は彼女たちのうめきを真似る。空っぽに飢えて。あなたは気持ちいいかたずね私は急いでうんと答えそれはまるであらかじめリハーサルしてあったみたいに響く。だけど演技。
あなたは気づかない。

傷つくこと

アルコール依存症の親を
持つということ
それはつまりアルコール依存症の親が
存在しないということ

単純な話
アルコール依存症患者は
自分の子どもを育てるのに十分なだけの時間
しらふではいられない

母は父に
怯えていたのかまたは恋していたのか
私にはわからない
すべて同じに見える

傷つくこと

あなたが私に触れるとき私はたじろぐ
私はそれが彼だということを恐れる

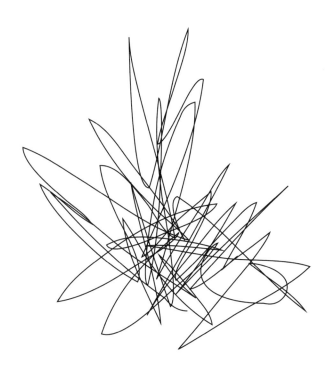

愛すること

愛すること

母がふたりめの子を妊娠していたとき
私は４歳だった
母が短いあいだにすごく大きくなったことに混乱して
私は彼女のふくらんだおなかを指差した
父は木の幹のような腕で私を抱き上げ
この地上で女のからだがもっとも神に近く
命はそこからやってくると言った
まだ幼い頃
年齢を重ねた男にそんなすごいことを言われて
私は変わった
全宇宙が私の母の脚に支えられているみたいに思えた

私はすごく深く苦しむ
人はどうして
見返りを
まったく求めることなく
その魂
血とエネルギーをまるごと
誰かに注ぐことが
できるのか
理解しようと

――自分が母になるまで待たなくちゃ

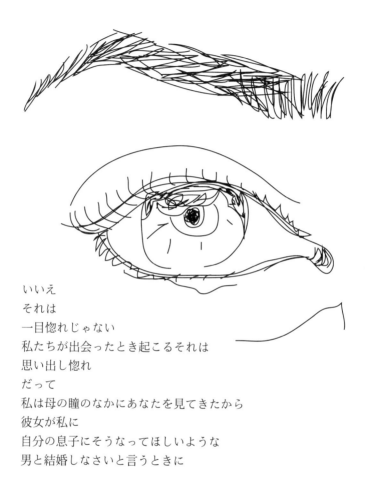

いいえ
それは
一目惚れじゃない
私たちが出会ったとき起こるそれは
思い出し惚れ
だって
私は母の瞳のなかにあなたを見てきたから
彼女が私に
自分の息子にそうなってほしいような
男と結婚しなさいと言うときに

あらゆる革命は
彼の唇とともに
はじまって終わる

愛すること

君にとって僕は何と彼はたずねる
私は彼の膝に手を置き
そしてささやく
私がこれまでに感じた
あらゆる希望が
人のかたちをしているのが
あなた

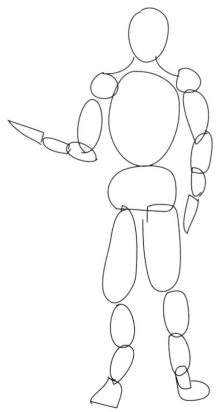

あなたの好きなところはあなたの匂い
あなたの匂いはまるで
大地
ハーブ
庭園
他の誰よりもほんのちょっと
人間らしいの

愛すること

私はわかってる
どうせ粉々になるなら
もっとましな理由でなるべきだって
だけどあなたは見ただろうか
あの少年が
夜ごと
太陽をひざまずかせるのを

あなたは
信仰と
やみくもに待つことのあいだの
細い線

──**私の未来の恋人への手紙**

大声で私に読み聞かせる
あなたの響きほど
安全なものなんて他にない

——**完璧なデート**

彼はその手を
私のウエスト
私の腰
または私の唇に
届くより先に
私の心に置いた
彼は私のことを
最初から美しいとは言わなかった
彼は私を
すてきだと言った

──彼が私に触れるやりかた

愛すること

どんなふうに彼を愛するか
自分自身を愛することで
私は学習してる

彼は言う
僕がつきあいやすい人間じゃなくてごめん
私はおどろいて彼を見る
私がつきあいやすい人を求めてるなんて誰が言ったの
つきあいやすい人なんて欲しくない
私が欲しいのは死ぬほど難しい人

愛すること

あなたへの想いが
私の脚を開かせてきた
まるでキャンバスをのせたイーゼルが
アートを請うように

私はあなたを迎える準備ができている
私はこれまで
ずっと
あなたを迎える準備ができていた

――**初めてのとき**

私の空っぽの部分を埋めるために
あなたが欲しいわけじゃない
私は自分ひとりだけで完全体になりたい
私は完全無欠になりたい
私はひとつの町をまるごと照らすこともできるようになって
そしてそれから
あなたとつながりたい
私たちふたりが結びついたら
そこに火を放ちかねないから

愛はきっと訪れる
そして愛が訪れたとき
愛はあなたをつかまえる
愛はあなたの名を呼び
あなたは溶けてしまう
けれど時に
愛はあなたを傷つける
でも愛はわざとじゃなくて
愛はゲームをしているわけじゃない
なぜなら愛は知っているから
人生はもうすでに十分厳しかったことを

あなたは私に言葉を失わせる
と言ったら嘘になるだろう
本当のところあなたは
私の舌をすごく弱くして
しゃべる言語を忘れさせてしまうの

君は何をしてるのと彼はたずねる
小さな会社で働いてると私は言う
パッケージを作っていてそれは──
最後まで言う前に彼は私を止める
生活のために何をやってるかじゃなくて
何が君を熱くさせるのか
何が君を夜眠らせないのかだよ

私は彼に言う文章を書いてる
何か見せてくれと彼は求める
私は指先を彼の前腕の内側に置き
手首に向かってそっと撫で下ろす
表面に鳥肌が立ち
彼の口がぎゅっと結ばれるのを私は見る
筋肉は硬くなり
彼の目は私の目をじっと見つめるけれど
彼のその目をまばたきさせるのも私
彼は私に向かって少しずつ近づき
私はあとずさりする
まなざしを中断するのは私

君は構われたいとき
こうするんだ
私は頬を上気させ
はにかんで
告白する
我慢できないの

あなたは私の初恋ではなかったかもしれない
けれどあなたこそ
他のすべての恋を
無意味にした恋だった

あなたは私に触れた
私に触れることすら
しないで

愛すること

あなたはどうやって
私みたいな山火事を
こんなに穏やかにできるの
私は流れる水になる

あなたはなんの痛みもなく
はちみつの匂いを漂わせているみたい
私にそれを味わわせて

愛すること

あなたの名前は
あらゆる言語において
最上級に
肯定的かつ否定的な意味を持つ
私を光で照らしもするし
何日ものあいだ私の心を疼かせもする

君はしゃべりすぎる
彼は私の耳にささやく
自分ならその口のもっといい使いかたを考えつくよ

あなたの声
私を裸にするのは

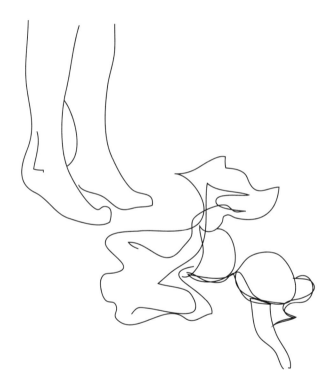

私の名前はとてもいい響きがする
あなたの舌にフレンチ・キスするときに

あなたは指を
私の髪にからませ
そしてひっぱる
そうやって
あなたは
私から音楽を作り出す

——前戯

こんな
日々には
あなたに指で
私の髪を梳いて
優しく話しかけて
もらわなきゃ

——**あなた**

愛すること

私があなたの手で
握ってほしいのは
私の手じゃなくて
あなたの唇で
キスしてほしいのは
私の唇じゃなくて
もっと他のところ

私には
私と同じ程度に
苦闘についてよく知っている誰かが必要
立ち続けるのがつらすぎる日々に
その膝で私の脚を休ませてくれる
誰か
まさに私が必要なものを
それが必要だって私が気づくより先に
与えてくれるタイプの人
私が口を開かないときにも
私に耳を傾けてくれるタイプの恋人
それが私が要求する
タイプの理解

──私が求めるタイプの恋人

あなたは私の手を
私の脚のあいだで動かし
そしてささやく
その小さなかわいい指を僕のために踊らせて

　──ソロ・パフォーマンス

私たちは必要以上に言い争いをしてる。ふたりとも覚えてないまたはたいして気にしてないことをめぐって。そうやってもっと大きな問いに向き合うのを避ける。どうしてお互い前ほど頻繁に愛してると言わなくなったのかをたずねる代わりに。私たちの喧嘩の原因はこう——どっちが先に起きて灯りを消すか。どっちが仕事から帰って冷凍ピザをオーブンに入れるか。お互いのもっとも傷つきやすい部分を狙い撃ちする。私たちはまるで茨に触れる指ねハニー。どの部分が痛むのかよくわかってる。

そして今夜テーブルの上にすべて揃った。眠っているあなたが確かに私とは違う名前をささやいたあのときのように。または先週あなたが仕事で遅くなると言ったとき。それで私が職場に電話をかけたらあなたは数時間前に帰ったと言われた。あの数時間あなたはどこにいたの。

わかってる。わかってる。あなたの言い訳はこの世界でぜんぶ筋が通ってる。そして私はつい我を忘れて泣きはじめる。でもそれ以外私に何ができるっていうのベイビー。私はあなたをすごく愛してる。あなたが嘘をついてると思ってごめんなさい。

そこであなたはいらだって頭を抱える。半ば私が泣き止むよう願って。半ばそれにうんざりして。私たちの口のなかの毒素は頬を焼き穴を空けた。私たちは以前ほどいきいきしていない。私たちの顔は色褪せている。だけど自分を騙そうとしないで。どれだけ関係が悪化しようともあなたはまだ私を床に組み敷きたがってるってことを私たちはふたりとも知ってる。

私が喧嘩の途中で大声で叫んで隣人たちを起こすときには特に。彼らは私たちを助けようとうちのドアの前に駆けつける。ベイビーそこを開けないで。

その代わり。私を横たわらせて。地図みたいに私を開いて。そしてあなたがまだ私に＊＊＊＊したいところを指でなぞって。私が重力の中心みたいにキスしてそしてあなたは私のなかに落ちてゆくまるで私の魂こそあなたの焦点だったみたいに。そしてあなたの口が私の口でなく他のところにキスしているとき。私の脚はいつもの習慣で開かれる。そしてそのときこそ。私があなたを引き入れるとき。あなたを迎える。ホームに。

通りじゅうの人々がなんの騒ぎだと窓の外を眺めているとき。何台もの消防車が私たちを助けようとやってくるけれど炎の出所が私たちの怒りなのか私たちの情熱なのか彼らには判別できない。私はほほえむ。頭をうしろに反らせて。からだを弓なりにして。あなたが半分に割ろうとする山みたいに。ベイビー私を舐めて。

まるであなたの口には読む才能があって私があなたのお気に入りの本みたい。私の脚のあいだのやわらかい部分にあなたのお気に入りのページを見つけて注意深く読んで。よどみなく。あざやかに。一語も漏らさずに。私の結末はすごくいいものになるって誓うから。最後の一節が訪れる。あなたの口に流れ込む。そしてあなたが終えたら。席について。次は私が膝を床に押しつけて音楽を奏でる番だから。

スウィートベイビー。これが。私たちが舌の動きでお互いから言語を引き出すやりかた。私たちの会話のやりかた。これが。私たちの仲なおりのやりかた。

──私たちの仲なおりのやりかた

壊れること

私はいつも
この混乱のなかへと
自分を追いやってしまう
私はいつも
彼に私がきれいだと言わせて
それに半信半疑
私はいつも飛び降りる
落ちている途中に
彼が私をつかまえるはずだと考えて
私は絶望的に
恋する人で
夢見がちで
それは
私の命取りとなる

もっとましなのがいるはずと母が言うとき
私はいつもの癖で言い返す
彼はまだ私を愛してると私は叫ぶ
彼女は打ちひしがれたまなざしで私を見る
親が自分たちの子どもを見るときの目
自分たちではどうしようもない種類の痛みだとわかっている目
そして言う
彼がおまえを愛していようがいまいが私には何の意味もない
それで彼がなにひとつできないのなら

あなたはすごくよそよそしくて
私はあなたがそこにいたことすら忘れてしまった

あなたは言った。つまりきっとこういう意味。運命が私たちによりを戻させるだろうと。私は一瞬あなたがほんとにそんな純なのだろうかと思う。あなたは運命がそんなふうにはたらくとほんとに信じているのかと。まるで運命が私たちを見下ろす空に生きているかのように。まるでそれに五本の指があって私たちをチェスの駒のように配置するのに時間を費やしているかのように。まるでそれが私たちの選択ではないかのように。誰に教わったの。教えて。誰があなたを説得したの。あなたは心と精神を与えられていて、それはあなたが使うものじゃない。あなたの行動はあなたらしくない。私は叫びたい私たちなのにあなたはバカね。私たちによりを戻させることができるのは私たちだけ。だけど私は静かに座ってる。やわらかにほほえんで唇を震わせながら考えてる。こんなに悲劇的なことってあるかしら。はっきりと見えているのに相手はそうじゃない状況。

塩を砂糖と
取り違えないで
もし彼が
あなたと一緒にいたいなら
彼はそうする
単純な話

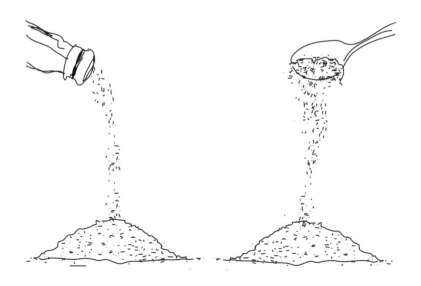

彼が愛してるとささやくのは
その手を
あなたのパンツの
ウエストの部分より下にすべり込ませるときだけ

あなたはそこで
欲望と必要のあいだの
違いを理解するべき
あなたはあの男の子を欲しいかもしれない
けれどあなたに彼が必要ないのは
確か

あなたは誘惑的に美しかった
けれど私が近づくと刺さった

私のあとにやってくる女はきっと私という人間のブートレグ版。彼女はあなたのために詩を書いて私があなたの唇に記憶させたものを消そうとするけれど彼女の一節は私のみたいにあなたの腹をパンチするのは絶対無理。それから彼女はあなたのからだと愛を交わそうとする。だけど彼女には私みたいに舐め、撫で、吸うのは絶対無理。彼女はあなたが手放した女の悲しい代理となる。彼女のすることがあなたを興奮させることは決してなくてそれが彼女を壊すことになる。手にしたもののお返しを与えない男のためにボロボロになるのにくたびれた頃、彼女はあなたのまぶたのなかの私が彼女を哀れみの目で見つめているのに気づいてそのことが彼女を殴る。二度とふたたびその手で触れることができない誰かを愛するのに忙しい男を愛することなんて彼女にできるわけがない。

次にあなたが
コーヒーをブラックで飲むとき
あなたが味わうのは
彼があなたを置き去りにした苦い状態
それはあなたに涙を流させる
けれどあなたは
決して飲むのをやめない
何もないよりは
彼のいちばんの暗黒の部分を
知りたいとあなたは願う

他の何よりも
私はあなたを
私自身から救いたい

彼の男らしさをあなたの二本の脚の内側で曲がりくねらせて
あなたはたくさんの夜を過ごしてきた
孤独がどんな感じなのか忘れるのに十分なほど

あなたはささやく
愛してる
その意味するところは
あなたに去ってほしくない

壊れること

あなたの口が覚えている
唯一の言葉が
彼の名前になるまで
あなたの唇を漬け込んでしまう
愛が厄介なのは
そういうところ

悟るのは痛いはず
私こそがあなたのいちばん
美しい
後悔だと

壊れること

私は去らなかった
なぜなら私はあなたを愛するのをやめたから
私は去った
なぜなら一緒にいればいるほど
私は自分自身を愛さなくなったから

あなたは
彼らにあなたを欲しがらせようとしなくていい
彼らは彼らであなたを欲しがるべき

壊れること

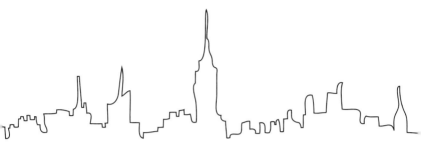

あなたは私のことをひとつの都市だと思っていたの
週末の逃避行に十分な大都市
私はそれを取り囲む町
あなたはその名を聞いたことがないけれど
いつも通り過ぎている
そこにネオンの光はない
高層ビルも立派な彫像も
けれどそこでは私が起こした雷が
橋を揺らす
私は路上の肉じゃなくて自家製のジャム
それはこの先あなたの唇が触れるもっとも甘いものを
溶かしてしまうのに十分な濃さ
私は警察のサイレンじゃない
私は暖炉がぱちぱち鳴る音
あなたを火傷させるけど
それでもあなたは私から目をそらすことができない
だって私はそうしているときすごくきれいだから
あなたは顔を赤らめる
私はホテルの部屋じゃなくて私は家
私はあなたが欲するウイスキーじゃない
私はあなたに必要な水
ここにくるなら期待はなしにして
私をひとときの休暇になんてしないで

あなたのあとにやってくる人は
私に思い出させるでしょう
愛は本来やわらかなものだったと

彼はまるで
私が書ければよかったのにと願う
詩のような味がするでしょう

もし彼が
当人の知らないところで
他の女たちを貶めることを
やめられないのなら
もし彼の言葉の中心にあるのが
毒性だとしたら
たとえ彼があなたを
膝に乗せ
やわらかなはちみつのようだったとしても
あの男があなたに砂糖を与え
薔薇水を浴びせたとしても
彼は決して
スウィートにはならない

　──彼がどんなタイプの男か知りたければ

私はアートでいっぱいの美術館
だけどあなたは目を閉じたまま

あなたはわかっていたでしょう
あなたが間違っていたことを
あなたの指が
あなたのためにもたらされることのない
はちみつを求めて
私の内側に浸されるとき

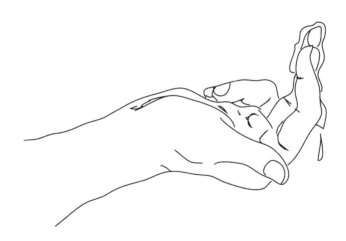

しがみつくだけの価値がある
ものは
去って行ったりしないもの

あなたが傷ついていて
彼がもうあなたのもとから去っているとき
あなたは
自分に不足がなかったかどうかなんて
問いかけないで
問題は
あなたが十分すぎて
彼にはそれを運びきれなかったこと

愛はあなたのなかの危険を
まるで安全であるかのように見せた

壊れること

あなたは彼女を脱がせるときでさえも
私を探してる
私がおいしすぎて
ごめんなさい
あなたたちふたりが
愛し合うとき
あなたの舌から
思いがけず出てくるのは
まだ私の名前なの

あなたはあの人たちを
まるであなたみたいなハートの持ち主として扱う
けれど誰もがそんなに
やわらかく優しくなれるわけじゃない

あなたはそこにいる彼らを
見ていない
あなたが見ているのは
彼らがこの先なるかもしれない人

あなたは与え続ける
彼らがあなたからすべてを引き出して
空っぽにしてしまうまで

壊れること

私は去るしかなかった
あなたが私に
自分が不完全だと
感じさせるのを
許すことに
くたびれてしまったから

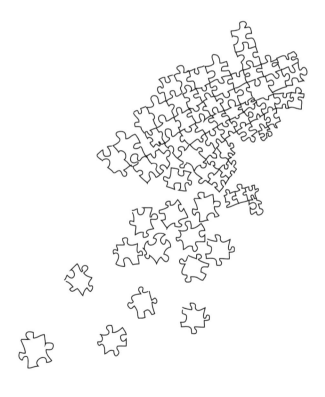

あなたは私がいままで触れたなかで最高に美しいものだった。そして私はあなたこそが私が触れたなかで最高に美しいものであり続けると信じていた。それがどれだけ極限的なことかあなたにはわかるかしら。あんなに若く熟れた年頃に最高に刺激的な人に出会い経験したって考えてみて。残りの人生をただ落ち着くために過ごすなんてできるわけがない。とれたてのはちみつを味わったら他のものはすべて精製されて化合物になる。ここを超えたら何も加えられない。私のこの先の年月すべてはあなた以上に甘いものと決して合わさりはしない。

──**欺瞞**

バランスの取れた生活がどんなものなのか私にはわからない
私が悲しいとき
私は涙を流すどころかとめどなくあふれさせる
私がしあわせなとき
私はほほえむどころか発光する
私が怒るとき
私はわめくどころか燃え上がる

極端に感じやすくていいことは
私は愛するとき彼らに翼を与えるってこと
でももしかしたらそれは
そんなにいいことではないのかも
だって彼らはいつも離れていってしまうから
そしてあなたは目撃するでしょう
私のハートが傷つくとき
私が嘆くどころか
粉々になるのを

私はあなたにこのすべてをあげるために
はるばるやってきたのに
あなたは目をとめすらしなかった

虐待される者
と
虐待する者

——私はずっと両方だった

私は私の肌から
あなたをなかったことにしてる

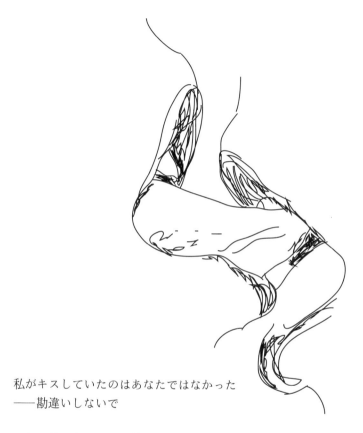

私がキスしていたのはあなたではなかった
──勘違いしないで

それは私の心のなかの彼
あなたの唇はただ都合がよかっただけ

それはいつもあなたの胸によみがえる
沸き立ち
周回し
むずむずさせる
あなたのもとに戻ってくるとき

私は音楽だった
けれどあなたは自分の耳を切り落とした

私の舌は酸っぱい味がする
あなたを失うことの
飢えゆえに

壊れること

私はあなたの人生に
私を組み込ませはしない
そのとき
私が求めるのは
あなたと一緒に人生を組み立てることだから

──**相違**

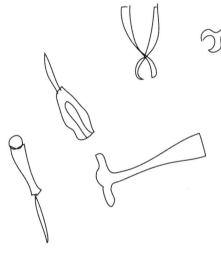

私の口から流れ落ちる川
私の目が運びきれない涙

あなたは蛇の皮
そして私はなぜだかあなたから脱皮し続けている
私の心は
あなたの顔の細かなつくりを
忘れつつある
手放すことが
忘れ去ることになった
それは
これまで起こったなかで
いちばん心地よくいちばん悲しいこと

あなたが去ったのはあなたの間違いじゃなかった
戻ってきたのはあなたの間違い
都合がいいときに
私を手に入れられると考えて
そうじゃなかったから去ったのは
あなたの間違い

私はどうやって書けばいいの
もし彼が私の両手を
奪い去っていたとしたら

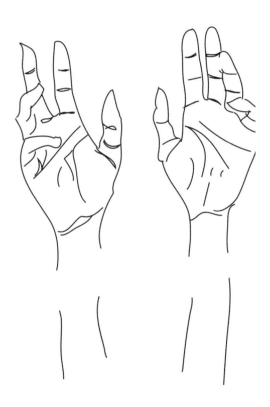

私たちふたりともしあわせじゃなかった
でも私たちふたりとも去りたくはなかった
だから私たちはお互いを壊し続けて
それを愛と呼んだ

壊れること

私たちは
正直にはじまった
だから正直に
終わらせましょう

——私たち

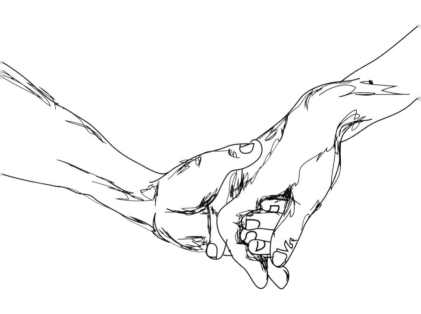

あなたの声
だけが
私を
涙させる

なぜ他の人たちに向けて
自分を割って開いたのか
私にはわからない
あとで自分自身を縫い合わせるのは
こんなに痛いって
わかっていたのに

人は去ってゆく
でもどんなふうに
離れていったかは
ずっと胸に残る

壊れること

愛は残酷じゃない
私たちが残酷
愛はゲームじゃない
私たちが愛から
ゲームを作り出したの

私たちの愛が死ぬなんてありえない
これらのページに
書かれているのに

傷心
喪失
痛み
別れを経てもなお
あなたのからだは
私がその下で
脱がされたい
唯一のからだ

あなたがいなくなった次の夜
私はばらばらになって目を覚ました
かけらをしまう唯一の場所は
私の目の下の涙袋だった

ここにいて
私はささやいた
あなたが
あなたのうしろのドアを閉めたとき

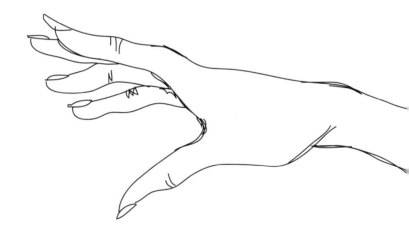

私はあなたを克服した自信がある。顔にほほえみを浮かべて目覚め私からあなたを引きはがした宇宙への感謝に手を合わせる朝が訪れる。泣けることを神に感謝。あなたが去ったことを神に感謝。もしあなたと一緒なら私は今日の私のような帝国にはなっていなかっただろう。

けれどそこで。

もしあなたが突然あらわれたらどうしようと想像する夜が訪れる。この瞬間にあなたがこの部屋のなかに歩いてきてあなたがこれまでにしたあらゆるひどいことが閉めた窓から投げ捨てられすべての愛がふたたび立ち上がったら。あなたがもともと本当には去っていなかったかのように私は号泣するだろう。まるでそれがすごく長いあいだ静かにしている練習でしかなかったかのようにあなたの到着とともにものすごくうるさく。誰かこれを説明できるだろうか。愛が去るときでさえ。それは去っていない。私がもうあなたを過去にしているときでさえ。私はどうしようもなくあなたのもとに連れ戻されてしまう。

彼は帰ってこない
私の頭がささやく
彼はそうすべき
私の心が泣く

――しおれる

友達にはなりたくない
あなたのすべてが欲しい

──もっと

私はまつげをなくすようにあなたのいろんな部分をなくしてる
いつのまにかあらゆるところで

あなたが去ったのに
あなたのものでいるなんて無理
ふたつの場所に
同時に存在するのは無理

――私たちが友達でいられるかあなたがたずねるとき

私は水

命を救えるぐらい
やわらかく
それを呑み込んでしまうぐらい
タフ

私がいちばん恋しいのはあなたが私を愛するやりかた。だけど私がわかっていなかったのはあなたの愛しかたが私という人にすごく関係があったということ。それは私があなたに与えたものすべてを反射していた。私のところに戻ってきて。私がそれを目にしないだなんて。どうやって。ここに座り込んでもう誰もあんなふうには私を愛しはしないだろうという考えに浸っていたの。あなたに教えたのは私だった。どうやって満たすのかをあなたに見せたのは私だった。私を満たすやりかた。私はどれだけ自分自身に残酷だったのだろう。あなたがただそれに触れたからという理由で私のあたたかさがあなたにあるものと認めた。私に強さ。ウィット。美。を与えたのはあなただと思っていた。単にあなたがそれらに気づいたからという理由で。まるで私があなたに出会う前からすでにそうだったわけではないみたいに。あなたが去ってしまったらそのままではいられないみたいに。

壊れること

あなたは出てゆく
でもあなたは行ってしまったままではない
どうしてそんなことするの
どうしてあなたは
持っていたいものを捨ててしまうの
どうしてあなたは
いたくない場所でぐずぐずしているの
どうしてあなたは
行くのと帰ってくるのと両方を
いっぺんにしても構わないと思うの

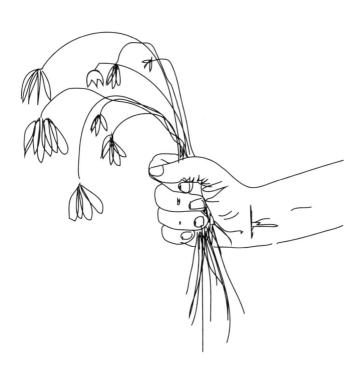

自己中心的な人々について話しましょう。そういう人は自分があなたを傷つけることになると知っていてもあなたを味わうためにあなたの人生に踏み込んでくる。あなたはそういう人が見逃したくないタイプの存在だから。あなたは無視するには輝きすぎてる。だからそういう人があなたが差し出せるあらゆるものに目をつけたとき。そういう人があなたの肌あなたの髪あなたの秘密を奪っていったとき。そういう人がこれをすごくリアルだと悟ったとき。あなたは強烈な嵐になってそういう人に襲いかかる。

そのとき臆病さが入り込む。そのときあなたの頭のなかの人物像が悲しい現実の人間に置き換えられる。そのときそういう人はからだのなかのあらゆる気骨を失い君は自分よりいい人を見つけるだろうと言って立ち去るの。

あなたはそこに裸で立ち尽くしすすり泣く。その人の半分がまだあなたの内側のどこかに隠れたままで。どうしてそんなことをしたのかその人に聞きながら。どうしてその人は無理矢理あなたに自分を愛させたのか。あなたを愛し返すつもりがないにもかかわらず。そしてその人は試してみなきゃだめだったんだ。やってみる必要があった。結局のところ君だよとかなんとか言う。

だけどそれはロマンティックじゃない。スウィートじゃない。自分があなたの存在に呑み込まれているからといって何かを失うのは自分のほうじゃないと知ろうとしてわざわざそれを壊そうとする人たちの発想。あなたの存在はそういう人たちのあなたへの好奇心に較べたときほんのちっぽけな意味しかない。

こういうのが自己中心的な人々。そういう人は存在ぜんぶを賭けに出す。その人自身を喜ばせるために魂ぜんぶを。まるで自分の膝の上に乗った世界みたいにあなたを抱いた次の瞬間にはあなたをちっぽけな存在にしてしまう。一瞬で。過去のものに。一秒で。その人はあなたを呑み込んで残りの人生を君と過ごしたいとささやく。けれどその瞬間その人は恐怖を察知する。その人はもう半分ドアの外に出ている。優しくあなたを行かせる度胸もなく。まるでその人にとっては人間のハートというものが無意味も同然みたいに。

そしてこのあとに。すべての略奪のあとに。恥知らず。近頃の人たちはあなたを指で脱がせるガッツがあるくせに手を伸ばして電話をかける勇気はないなんて悲しくて笑えるでしょ。謝って。喪失を。こうしてあなたは彼女を失う。

──自己中心的

やることリスト（失恋のあと）

1. 自分のベッドに避難。
2. 泣く。涙が止まるまで（数日かかるでしょう）。
3. スローな曲は聴かない。
4. その人の番号をあなたの電話から消す。たとえあなたの指先が覚えていても。
5. 古い写真を見ない。
6. 最寄りのアイスクリーム店をみつけてチョコミントのダブルを自分にごほうび。ミントはあなたのハートをなごませる。あなたはチョコレートに値する。
7. 新しいシーツを買う。
8. その人の匂いのついた贈りものやＴシャツなどをすべて集めてリサイクルセンターに寄付。
9. 旅行を計画。
10. 誰かがその人の名前を会話に出してきたときのほほえみとうなずきの技術を完璧に。
11. 新たなプロジェクトに着手。
12. 何をしようと。電話はしない。
13. もうここにいる気のないものを追わない。
14. どこかの時点で泣くのをやめる。
15. 他の人の腹のなかに自分の残りの人生を築き上げることができるだなんて信じた自分はバカみたいだと思うことを自分に許す。
16. 深呼吸。

壊れること

どんなふうに
その人が去ってゆくか
それがすべてを
あなたに告げる

癒やすこと

癒やすこと

ひょっとしたら
私には素敵なものを
手に入れる価値がないのかも
だって私は
身に覚えのない罪の
報いを受けているから

書くということ
それが私を癒やしているのか
それとも壊しているのか
私にはわからない

癒やすこと

あなたを求めていないあのことに
しがみついて苦しまないで

――ずっとそのままでいさせることはできない

あなたはまず他の誰かよりも先に
あなた自身との
人間関係を築きはじめるべき

あなたには痛みに満ちた愛よりいいものを
受け取る価値があるってことを受け入れて
人生は動き続ける
あなたのハートにとって
いちばん健康的なのは
人生と一緒に動くこと

痛みを感じるのは
人間的経験の一部
痛みにあなた自身を開くことを
怖がらないで

——**進化**

孤独はあなたが自分自身を必死で求めていることを示すしるし

あなたには誰かと
共依存しがちな癖がある
自分に欠けていると思っているものを
埋め合わせようとして

他人の存在が
あなたを完全体にするだろうって
あなたを騙して信じさせたのはいったい誰
彼らにできるのはせいぜい補うことだけなのに

あなたを壊した人たちの
足元に
癒やしを探してはだめ

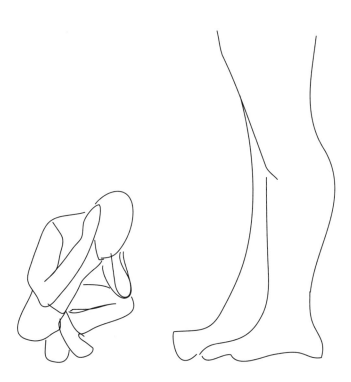

もしもあなたが
落ちる弱さとともに生まれてきたのなら
あなたは
立ち上がる強さとともに生まれてきたの

たぶんいちばん悲しいのは
存在するのかどうかも
わからない誰かを
待ち続けながら生きる人たち

――70億人

痛みをくぐり抜けて強くいて
そこから花を育てて
あなたは私が
痛みから花を育てるのを助けてくれたから
美しく花開く
危険に
大声で
やわらかく花開く
たとえあなたが求めているのが
ただ花開くことだけだとしても

――**読者へ**

癒やすこと

私は宇宙に感謝する
これまで奪ったものすべてを
奪ったことに
そして私に与えたものすべてを
与えたことに

——バランス

残酷な場面で
優しくいるには
気品が必要

癒やすこと

恋に
落ちる
あなたの孤独と

あなたに
愛してると言う人たちと
あなたを本当に
愛してる人たちのあいだには
違いがある

しばしば
謝罪は
求められているときには
行われないもの

そして行われたとき
それは求められていないし
必要とされてもいない

──**あなたは遅すぎる**

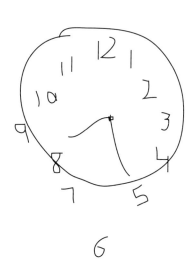

あなたは私に言う
私はよくいる女の子たちとは違うと
そして目を閉じて私にキスするようになる
どこかひっかかる言葉——どこか
なぜ私は彼女たちと違ってしまったのか
彼女たちに必要とされたくて私が姉妹と呼ぶ女の子たちと
あなたの舌を引き抜きたくなってしまう
まるであなたが私を選んだことを私は誇るべきだとでも
私が彼女たちよりいいとあなたが考えていることに
私はほっとするべきだとでも

あの男の子が次に
あなたの脚の毛が
ふたたび生えはじめているのを
指摘してきたときは
あなたのからだは
彼の家じゃないってことを
思い出させてやって
彼はただのお客
立入禁止区域に
二度とふたたび
侵入しないように
彼に警告するの

やわらかく
あること
は
力強く
あること

あなたは
あなたを取り巻く環境において
完全に注目されるだけの価値がある
そのなかに迷い込むことなしに

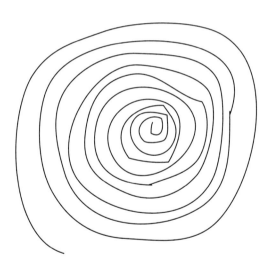

それが難しいことは知ってる
私を信じて
今日は史上最大に生き抜くのが難しい日で
まるで明日が決してこないように
感じるって知ってる
でもあなたは乗り越えられるはず
痛みは過ぎ去ってゆくでしょう
いつもそうだから
あなたが時間をかけて
そのままにすれば
だから
そのままで
ゆっくりと
守られなかった約束のように
そのままで

私の太もものひび割れが
人間らしく見えるのが好き
私たちはすごくやわらかく
それでいて私たちが望むときには
荒々しいジャングル的野生でもある
私たちのそういうところが大好き
私たちがどれだけたくさんのことを感じられるか
私たちがどれだけ恐れを知らず壊すことができるか
そして私たちの傷を情け深く気遣うか
ただ女であること
私自身を
ひとりの女と呼ぶことが
私をまったく申し分のない
完全体にする

彼らが考える美しさについて私が納得いかないのは
彼らにとっての美の概念の中心が
人を排除することの近くにあるってこと
私は毛を美しいと思う
女がそれを
彼女の肌の上の庭のように生やしているとき
それこそまさに美だと
空に向かって上を向いた
大きなかぎ鼻
まるで特別な舞台に向かって
上昇しているみたい
私の祖先が代々の女たちを養うために穀物を植えた
大地の色をした肌
木の幹みたいに太いもも
アーモンドみたいな瞳
確信を持ってずきんを深くかぶり
パンジャブの川が
私の血管を流れる
だから
私の女たちが
あなたの国の女たちほど
美しくないなんて
私に言わないで

私たちの背中は
いくつもの物語を語る
これまでどんな本も
それらを運び伝える
背を持たなかった

――有色人種の女性

あなた自身を受け入れて
あなたはそういうふうにできている

癒やすこと

あなたのからだは
自然災害の
博物館
それがどんなにすごいことか
あなたにはわかるかしら

あなたを失うことは
私自身に
なることだった

他の女たちのからだは
私たちの戦場ではない

もしあなたが望むのなら
あなたのからだから
すべての毛を除去してもいい
あなたが望むのなら
あなたのからだのすべての毛を
生えるままにしておいてもいいのと同じ程度に

　――**あなたはあなただけのもの**

癒やすこと

公共の場で自分の生理について言うのは
品がないらしい
なぜなら私のからだの現実的生態は
リアルすぎるから

女の脚のあいだにあるものを
売るのは問題なし
その内側のはたらきについて
語るのよりも問題なし

このからだを楽しみを得るために使うのは
美しいとみなされる
けれど
そのありのままの自然は
醜いとみなされる

あなたはかつてドラゴンだった
近づいてきた彼に
君は飛べると言われるより前から

あなたはこの先もドラゴン
彼が去ったあともずっと

私は謝りたい
これまで私があなたは知的だとか勇敢だとか言う前に
あなたはかわいいと言ってきたすべての女性たちに
あなたの精神は山々にぶつかってきたというのに
まるであなたがもっとも誇るべきものが
生まれつきの見た目であるかのように言ってごめんなさい
これから私が言うのは
あなたは回復力があるとかあなたは特別みたいなこと
あなたをかわいいと思わないからじゃない
あなたはそれよりもっとずっと大きな存在だから

私は
私が持っているものを持っている
そして私はしあわせ

私は
私が失ったものを失った
そして私は
それでも
しあわせ

——**見解**

癒やすこと

あなたは私を見て泣く
何もかも痛い

私はあなたを抱きしめてささやく
でもいつかすべて治る

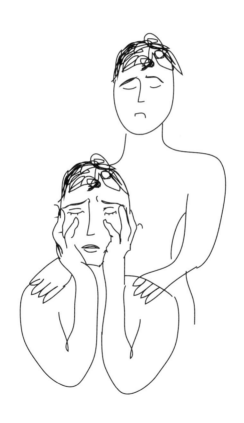

もし痛みがやってくるのなら
いつかしあわせもやってくる

――**がまん強く**

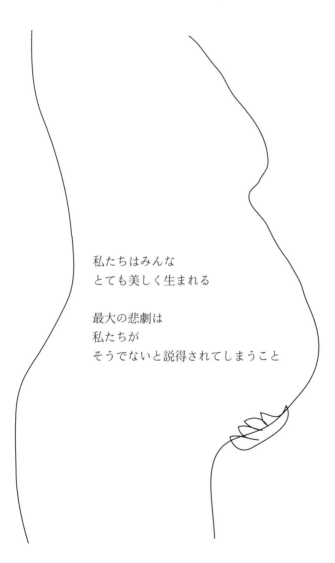

私たちはみんな
とても美しく生まれる

最大の悲劇は
私たちが
そうでないと説得されてしまうこと

クーアという名前は
私を自由な女にする
それは私を縛ろうとする手かせを
取り除く
私を高揚させる
私はどんな男とも平等なのだと思い出させる
たとえこの世界が違うと私に叫んでいても
私はひとりで立ち
私は完全に私自身のもの
そして宇宙の一部
そのことは私を謙虚にさせる
育むために人類と分かちあい
立ち上がるのが必要な人々を立ち上がらせるために
姉妹の絆に仕えるのが
私の宇宙的義務だと言って呼びかけよう
クーアの名は私の血に流れる
それは世界が存在する以前から私のなかにあった
それはわたしのアイデンティティであり私の解放

――クーア
　　シクの女

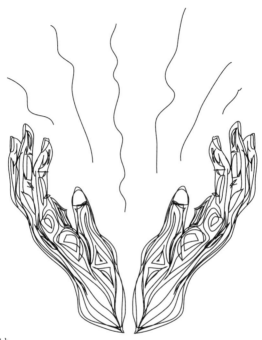

世界は
あなたに
たくさんの痛みを与える
そしてあなたは
痛みから黄金を生み出す

──**それ以上に純粋なものはない**

あなたがどんなふうに自分自身を愛するかによって
あなたはあなたをどんなふうに愛すればいいか
他の人たちに教える

私の心は何よりも姉妹たちに感応する
女たちを助ける女たちに感応する
まるで花々が春に感応するように

あなたの脚のあいだの女神は
よだれが出そうな魅力を放つ

癒やすこと

あなたは
あなた自身の
ソウルメイト

ある種の人たちは
とても厳しい

だから彼らには
最大限に優しくなろう

癒やすこと

私たちのまわりにいる女性たちの
立ち直る力とすばらしさに
私たちが気づくとき
私たちはみんな前に進んでゆく

あなたがここに美を見出す
ということは
私のなかに美しさがあるということではない
それは
あなたのなかの奥深くに
美しさがあるということ
あなたはそれを
あらゆるところに見つけ出す

体毛
もしそこにあるべきでないのなら
はじめから私たちのからだに
生えることはなかっただろう

　──私たちは私たちにとってごく自然なものと戦争中

いちばん大切なのは
まるで愛することしか知らないみたいに愛すること
一日の終わりにはすべて
意味をなさなくなる
このページ
あなたの立場
あなたの学位
あなたの仕事
お金
すべてどうでもいい
愛と人間のつながりを除けば
あなたが愛した人
そしてあなたがどれだけ深く彼らを愛したか
まわりの人々にどんなふうに触れたか
そして彼らにどれだけ与えたか

癒やすこと

私はこのまま
大地にしっかり根を下ろしていたい
この涙
この手
この足が
埋まる

――**この地に**

あなたはどこかの時点で
なぜかを探るのをやめるべき
そのまま放っておくべき

あなたがあなた自身にとって十分でなければ
あなたは他の誰かにとっても
決して十分にはなれない

あなたが最初に願うべきは
残りの人生を
自分自身とともに
生きたいと
いうこと

もちろん私は成功したいけど
自分だけの成功を必死で求めたりしない
私が成功しなくちゃいけないのは
私のまわりの人たちが成功するのを助けるのに
十分なミルクとはちみつを
手に入れるため

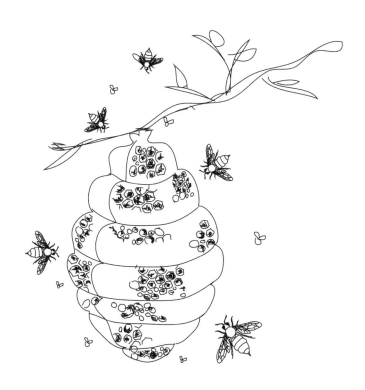

詩が生まれそうになると
私の胸の鼓動は高まる
それこそ私が決して止まらない理由
詩を生むために私自身を開く
言葉と
愛し合うのは
とてもエロティック
私は書くことに
恋してる
それとも欲情してる
あるいは両方

癒やすこと

いちばん怖いのは
他の人たちが成功したときに
私たちが嫉妬の怒りを燃やし
誰かがしくじったときに
私たちが安堵のため息を漏らすこと

人間でいることで
いちばん難しい部分だと
証明されているのは
お互いを祝福しようと務める
私たちの苦闘

あなたのアート
それはどれだけの人数が
あなたの作品を好きかの問題じゃない
あなたのアート
それは
あなたの心があなたの作品を好きか
あなたの魂があなたの作品を好きか
あなたがあなた自身に
どれだけ正直になれるか
そしてあなたは
絶対に
あなたの正直さを
伝わりやすさと引き換えにしてはだめ

——**すべての若き詩人たちへ**

癒やすこと

あなたに与えるものを
何も持っていない者たちに
与えなさい

──**セヴァ**（無私の奉仕）

あなたが私を開かせた
もっとも正直なやりかたで
魂を開いて
私に書かせた
もう二度と書けないと
私が思っていたときに

——**ありがとう**

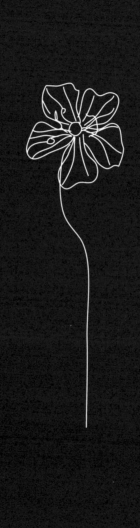

あなたはついに最後まで読み終えた。私のハートはあなたの掌のなか。ありがとう。ここまで安全に着いてくれて。私のいちばんデリケートな部分に優しくしてくれて。腰を下ろして。深呼吸して。くたびれたでしょう。あなたの手にキスさせて。あなたの目にも。何か甘いものが要るはず。私の砂糖をぜんぶあなたに送ります。もしあなたがいなかったら私はどこにもいなかったし誰でもなかった。あなたは私がなりたかった女に私がなるのを助けてくれた。なりたかったけどなるのが怖かった女に。あなたがどれだけの奇跡かあなたにはわかるかしら。それがどんなに素敵だったか。これからもずっと素敵なことでしょう。私はあなたの前にひざまずく。ありがとうを言う。私の愛をあなたの目に送る。あなたの目がいつも人々のなかに女神を見出しますように。そしてあなたがいつも優しくありますように。私たちがお互いをひとつだと思えますように。宇宙が私たちに差し出すものすべてにおいて愛が不足することがありませんように。そして私たちがいつも地に足をつけていますように。根を下ろして。私たちの両脚は地球にしっかりと立っているの。

——私からあなたへのラブレター

ミルクとはちみつ

2017年11月15日　初版第1刷発行

著　者　ルピ・クーア
訳　者　野中モモ

発行者　足立亨
発行所　株式会社アダチプレス

〒151-0064 東京都渋谷区上原 2-43-7-102
電　話　03-6416-8950
メール　info@adachipress.jp
URL　　http://adachipress.jp

装　丁　佐藤温志
印刷・製本　株式会社シナノパブリッシングプレス

本書は著作権法によって保護されています。
同法で定められた例外を超える利用の場合は、小社まで許諾をお申し込みください。
乱丁・落丁本は送料小社負担にてお取り替えいたします。

NDC 分類番号 931
四六変型判（188mm × 122mm）
総ページ 208

ISBN: 978-4-908251-07-8
Printed in Japan
© 2017 Momo Nonaka and Adachi Press Limited for this edition